El duende verde

D1602721

ANAYA

El Mago de Esmirna

Texto:

Joan Manuel Gisbert

Premio Nacional
de Literatura Infantil

Ilustraciones:

Juan Ramón Alonso

Diseño:

Narcís Fernández

Dirección de la colección:

Antonio Basanta
Luis Vázquez

ÍNDICE

Querido lector:

Ha llegado el momento de que
conozcas a Shaban. Es un aprendiz
de Mago. Aspira a dedicar su vida
a la aventura y al descubrimiento
de los Misterios mayores del
mundo.

Es muy joven aún, más o menos como
tú. Pero eso no es un obstáculo
para él, al contrario. Sabe que
todo es posible, que su gran
sueño puede hacerse realidad,
aunque sea muy difícil.

Pronto va a vivir una experiencia
extraordinaria que decidirá en
parte el rumbo de su vida.

Mi deseo es que lo acompañes, que viajéis juntos, que entres con él en la enigmática Gran Montaña.

De lo que ocurra después tú tendrás directo conocimiento porque la aventura será tuya también. Te deseo que resulte apasionante.

Yo, entretanto, esperaré fuera, invisible, contemplando la imagen prodigiosa de la Montaña. Hasta pronto, amigo mío.

A Agustina,
compañera de la vida.

EL MAGO
DE
ESMIRNA

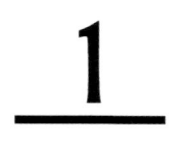

1

CUANDO Shaban cumplió catorce años le dijo su padre, el Mago de Esmirna:

—Conmigo has recorrido muchas tierras y mares, desde las orillas del Eúfrates hasta la antigua Lusitania, bañada por el Atlántico. Muchas de las apariencias del mundo, por tanto, no te son extrañas.

Shaban escuchó en silencio aquel preámbulo. Su padre, el Mago, se había puesto una de sus túnicas de gala, adornada con laminillas que brillaban incluso en la penumbra de la estancia. En sus manos relucían los anillos de sus antepasados. Todo indicaba que la ocasión era solemne, extraordinaria.

—Ya es hora, pues —prosiguió el Mago—, de que conozcas, como hice yo a tus años, aquel lugar, que es uno y que son tantos, donde sabrás lo que la vida puede exigir de ti como aprendiz de Mago.

—¿Qué aprenderé allí —preguntó Shaban, sin intención de halago—, que tú mismo, padre, no puedas enseñarme?

—Aprenderás a estar solo de verdad en un lugar desconocido donde lo visible y lo oculto del mundo está presente de tantas maneras que podrás encontrar las que mejor guarden relación con tu persona.

—No entiendo muy bien lo que quieres decirme, padre.

—No se trata de que lo entiendas ahora. Tiempo habrá. Por ti mismo sabrás lo necesario.

—Y... ¿Cuál es ése lugar? Nunca me lo has nombrado. ¿Dónde está?

—Es la Gran Montaña. Se encuentra lejos y cerca a la vez de muchos lugares de la Tierra.

—¿Cómo es eso posible?

—Lo es porque la Gran Montaña se alza allí donde son una todas las direcciones de la Rosa de los Vientos. En ese lugar secreto el Sur y el Norte se confunden, y Oriente y Occidente son lo mismo.

Un tanto abrumado por aquella revelación, Shaban preguntó:

—¿Cómo puede existir un lugar así?

—Existe —repuso el Mago—, porque la Gran Montaña no podría estar en otro sitio.

Shaban no preguntó nada más. Sabía que su padre iba a decirle solamente lo que considerase necesario. No le sacaría más por mucho que preguntara.

El Mago continuó:

—Debes pensar qué cosas vas a llevarte. Pero sé prudente: cuanto menos peso mejor para subir la Gran Montaña. Prepáralo todo esta tarde. Partiremos mañana al alba. Cuando estemos cerca del lugar te daré mis últimos consejos.

Al poco rato, Shaban reunió todos sus objetos. No eran muchos: la vida de continuos viajes que había llevado con su padre no le había permitido almacenar más que unas cuantas piezas. Pero cada una de ellas

le traía el recuerdo de alguno de los lugares visitados.

Tenía amuletos y talismanes varios, instrumentos musicales de países muy diversos, fósiles, raros huevos de aves, lagartos disecados, huesos de distintos animales, un pergamino con textos indescifrables, un frasco lleno de mercurio y, como piezas más singulares, la bola de cristal que le había regalado un adivino de Corinto, la piel de una serpiente que había muerto cuando un faquir la encantaba, y su objeto más amado: un astrolabio.

Shaban estuvo varias horas dudando. No sabía cómo elegir. En un principio, pensó en llevárselo todo: podía caberle en un par de bolsas muy holgadas.

Pero luego recordó lo dicho por su padre. Era aconsejable llevar una carga muy liviana para subir la Gran Montaña.

Al anochecer, el Mago compareció en la habitación de Shaban.

—¿Has decidido ya qué vas a llevarte?

—Me lo llevaré todo, padre, pero sólo en

el recuerdo. No será necesario que cargue con nada. Subiré sin peso y con las manos libres la Montaña.

Complacidos, los ojos del Mago brillaron.

—Has tomado la decisión más conveniente. Dentro de ti estará todo aquello que puedas necesitar.

Shaban, contento por su buena elección, se dispuso a recoger los objetos que había dispersado. Su padre se retiró en silencio.

Cuando el chico estaba guardando la última pieza, el astrolabio, en el que figuraban los signos de los planetas, el Mago reapareció. Llevaba unos ropajes colgados del brazo y unas botas en la mano.

—Estas serán tus vestiduras en los próximos días. Son cómodas y agradables. Lo sé porque yo las llevaba cuando, a tu edad, fui por primera vez a la Montaña. Tómalas.

Shaban recibió con unción aquellos ropajes. Consistían en un jubón blanco con los doce signos zodiacales bordados en hilo dorado y en unos pantalones bombachos de color azafrán. Las botas, de resistente cuero, tenían algunos arañazos pero estaban casi nuevas, como las otras prendas.

—¿Me das estas ropas, padre, para que haga como tú cuando fuiste por primera vez a la Montaña?

—No. Te las doy porque son algo para mí muy preciado, el mejor regalo que te puedo hacer ahora. Cuando estés en la Montaña serás tú y sólo tú, por entero, sin vínculos ni obstáculos. Nada tendrá que ver lo que tú hagas con lo que hice yo en el pasado, ni con lo que hizo allí nunca nadie. Es un privilegio del que goza todo aquel que se acerca a la Gran Montaña.

2

AL día siguiente partieron de Esmirna, de madrugada.

Cabalgaron de sol a sol durante seis largas jornadas, dándose sólo los descansos que sus monturas necesitaban. Atravesaron parajes despoblados y tierras ásperas.

No encontraron en su ruta jinetes ni caminantes. Tampoco señales del paso de cuadrillas o caravanas. Aquéllas parecían ser todas comarcas desconocidas u olvidadas.

Shaban sentía que se alejaban de todas partes, a la vez que la proximidad de la Gran Montaña se iba intensificando. Presentía su desconocida silueta cada vez más cercana.

Al final de la sexta jornada, en pleno atardecer, su ruta les llevó a un valle ocupado en parte por un lago. Cerca de las aguas se alzaba un campamento. Algunas fogatas humeaban entre las tiendas.

—Aquí pasaremos la noche —dijo el Mago—. Ya falta poco para llegar a la Montaña.

Padre e hijo se acomodaron en una de las tiendas que estaban desocupadas.

Una vez instalados, Shaban salió a curiosear por el campamento. Había allí gentes muy variadas. Por los rostros y atuendos que observaba, y por las muy diversas lenguas que oyó hablar a su paso, comprendió que habían coincidido junto al lago personas llegadas de los cuatro puntos cardinales.

Vio viajeros de casi todas las edades, pero siempre mayores que él.

—Soy el más pequeño de cuantos aquí están —se dijo Shaban, algo extrañado.

Pero al momento rectificó. De una de las tiendas más cercanas al agua acababa de salir una muchacha.

—Es más o menos como yo —advirtió el chico—. ¿Hablará alguna de las lenguas que conozco? Me gustaría conversar con ella.

Shaban, poco a poco, se le fue acercando. Ella estaba absorta contemplando los últimos reflejos del ocaso en el agua.

—¿Tú vas también a la Gran Montaña?

La muchacha se volvió, ligeramente sobresaltada. Al ver a Shaban se tranquilizó enseguida y dijo:

—Sí, como muchos de los que están aquí. Pero para mí será la primera vez.

Hablaban distintas lenguas, pero cada uno entendía la del otro sin dificultad.

—Entonces, estamos en el mismo caso —repuso Shaban—. ¿Has venido con alguien? ¿Quién te acompaña?

—Mi tutor, Rashid, arquitecto de Alejandría.

—Yo acabo de llegar con mi padre, Yaltor, Mago de Esmirna.

—¿Te ha explicado cómo es la Gran Montaña?

—No me ha dicho apenas nada. Quiere que yo lo descubra cuando vaya. ¿Tú sabes más?

—No. Sólo sé que es muy grande, muy

alta, y que está llena de secretos y encantos.

—¿Cuándo irás? —preguntó Shaban, muy interesado.

—Mañana.

—Como yo, me parece. Podríamos ir juntos.

—Sí, me gustaría —dijo vivamente la muchacha.

—Pues de acuerdo. El primero de los dos que esté despierto mañana irá a buscar al otro. Nuestra tienda es aquella blanca, la que está junto al cercado donde se recogen los caballos.

—Así quedamos. ¿Cómo te llamas?

—Shaban. ¿Y tú?

—Rudaima. ¡Hasta mañana!

Shaban volvió a la tienda donde estaba su padre. Ambos comieron pan de centeno y queso de cabra.

—Mañana será el gran día, Shaban —dijo el Mago—. Harás tú solo lo que queda de viaje. Yo me quedaré aquí, junto al lago.

El chico pensó en decirle que se había puesto de acuerdo con Rudaima, pero prefirió callarlo. No sabía cómo lo tomaría su padre.

Ya estaba el sol en la mitad de su camino hacia lo alto cuando Yaltor despertó a Shaban, diciéndole:

—Tu caballo está preparado. Te espera. En la alforja hay queso y pan. Ponte en camino. Ya es tarde.

El muchacho reaccionó poco a poco. Había dormido tan profundamente que tuvo la sensación de que habían pasado muchas noches hasta aquella mañana.

Al volver en sí por entero se acordó de Rudaima. Entonces balbuceó:

—Sí, saldré ahora mismo, padre. Pero antes quiero... hablar un momento con alguien. Enseguida estaré dispuesto.

Cuando Shaban se disponía a salir de la tienda, el Mago le preguntó:

—¿Vas en busca de Rudaima?

Sintiéndose un poco en falso, el chico dijo:

—¿Cómo lo has adivinado? ¿Nos viste hablar anoche?

—No. Ella vino, hace más de una hora, a buscarte. Le expliqué que de ahora en adelante cada uno de los viajeros que van a la Gran Montaña debe recorrer solo lo que le falta. Después, su tutor, Rashid de Alejandría, le confirmó mis palabras.

—Entonces... ¿Rudaima ya se ha ido?

—Sí, como todos los que esperaban la mañana. Tú eres el único que quedas.

—¿Por qué no me despertaste antes? —inquirió Shaban con enfado.

—El orden en la salida no tiene ninguna importancia. Hemos venido de muy lejos. Necesitabas descanso.

—Pues no voy a estar mucho tiempo rezagado. Dentro de un momento estaré cabalgando, más rápido que nadie —aseguró, furioso, Shaban.

—Cabalga veloz, pero sin rabia. Tienes ante ti una larga jornada. Y más importante será aún la de mañana. No malgastes tus fuerzas, vas a necesitarlas. Y no olvides, una vez en la Montaña, actuar como un futuro

Mago. Esto es lo más importante si quieres llegar a serlo algún día.

—¡Claro que quiero!

—Pues adelante, hacia el Norte, hijo. Ahora empieza tu aventura. Vívela plenamente.

—¿No me dices nada más? —preguntó Shaban desde el umbral.

—No puedo. Si algo añadiese ya sería demasiado. Confía en ti mismo y no desmayes. ¡Buena suerte!

—¡La buscaré por todas partes!

3

SHABAN cabalgó briosamente en la dirección que Yaltor le había indicado. Pronto el valle y el lago quedaron lejos, a sus espaldas.

Después de avanzar al galope, en solitario, durante todo lo que quedaba de mañana, decidió relajar la marcha. Su caballo empezaba a estar extenuado.

—He ido casi volando —se dijo con extrañeza—. ¿Cómo es posible que no haya alcanzado a Rudaima ni a ninguno de los que partieron antes?

Estaba preocupado y pensando si se habría desviado del rumbo norte, cuando avistó una figura sentada en un tronco caído junto al camino.

Al llegar a su altura detuvo el caballo.

La figura resultó ser un anciano que lo miró sin decir nada con unos ojos muy claros, casi de agua.

El chico le preguntó enseguida:

—Decidme, ¿habéis visto pasar a una muchacha, más o menos de mi edad, montada a caballo?

—Por aquí no ha pasado nadie —repuso serenamente el viejo.

—¿Cuánto tiempo lleváis aquí, si puedo preguntarlo?

—Desde la noche pasada. Y no he visto a nadie, te lo aseguro.

—Voy a la Gran Montaña. ¿Me he extraviado?

—No, en modo alguno. Estás en la senda que hasta allí te llevará en línea recta.

—Entonces, los demás se han desviado, y también Rudaima —dijo Shaban para sí, pero en voz alta—. Han perdido su ventaja.

—¿Iban los demás —quiso saber el anciano—, también a la Montaña?

—Sí, como yo.

—Pues nada indica que se hayan desviado.

—¿Nada? Si ésta es la senda recta que lleva a la Gran Montaña y no han pasado por aquí...

—Es la senda más recta para ti, no para los demás.

—Pero, todos venimos del mismo lugar —puntualizó Shaban.

—¿Te refieres al campamento del lago?

—Sí.

—Eso nada importa. A partir de allí, cada cual hace su propio camino hasta llegar a la Montaña. Éste es el tuyo y el de nadie más.

El chico estaba algo confuso, pero no tardó en comprender lo que el anciano había dicho. Entonces necesitó hacer otra pregunta:

—Perdonadme: si éste es mi camino y el de nadie más, ¿qué os ha hecho estar aquí desde la noche pasada?

—Muy sencillo: te esperaba —aclaró el viejo sin inmutarse.

—¿A mí?

—Sí, aunque nada sabía de ti antes de tu llegada.

—¿Cómo puedo entender algo tan enigmático?

—Muy fácilmente, si atiendes a mis palabras: la costumbre, desde hace siglos respetada, quiere que cada vez que un joven se acerca por primera vez a la Montaña encuentre en su camino a alguien que acaba de estar allí por última vez. Es la ceremonia del relevo, tantas veces celebrada.

Shaban dijo, en forma de pregunta, pero adivinando:

—¿Vos habéis estado... por última vez en la Gran Montaña?

—Así es.

—¿Y me estabais esperando sin saber quién era?

—El que espera nunca sabe quién vendrá.

—¿Rudaima habrá encontrado también a alguien que la esperaba?

—Sí, si es la primera vez que se dirige a la Montaña.

Sin saber muy bien por qué, se alegró al saber aquello. Después preguntó:

—Me esperabais. He llegado. ¿Qué tenéis que decirme ahora?

—En realidad, casi nada, excepto algo importante, muy importante, si eres capaz de no olvidarlo.

—Lo recordaré. Siempre —aseguró Shaban con toda su disposición de ánimo.

—Atiende pues. En tu primera visita a la Gran Montaña conviene que tengas muy presente esto: gozarás de la oportunidad de ganar, de eso se trata, el derecho de volver allí muchas otras veces. A lo largo de mi vida yo estuve cuarenta y tantas, espaciadas a través de los años. Tal vez con menos me hubiese bastado, aunque ahora me parece que fueron pocas. De todos modos, mi vida se acaba. Con lo vivido me siento afortunado.

El chico permaneció unos instantes reflexionando, hasta formular otra pregunta:

—¿Por qué la primera visita es tan decisiva?

—Porque suele hacerse a esa edad que ahora tienes, cuando todo empieza de verdad. Y, de lo que vayas a hacer mañana, en tus manos está, en buena parte, el designio. Fíjate si el momento es importante.

Shaban se quedó silencioso. Cuando niño, años antes, nunca había tenido la impresión de que sus actos guardasen tanta relación con el mañana.

El anciano se levantó dificultosamente de su asiento y dijo:

—Mis huesos reclaman descanso en estos últimos días. Procuraré que no les falte una vez haya llegado a mi lejana Normandía. Te deseo buena suerte, y quiero dejarte, como adiós, mi vaticinio: si de verdad te lo propones, la Montaña será, desde mañana, un nuevo espacio mágico en tu vida, como para mí lo ha sido.

Shaban se inclinó ante él, agradeciendo respetuosamente sus buenos deseos y su pronóstico.

—Ya puedo irme en paz —añadió el anciano mirando por última vez al muchacho—. La ceremonia del relevo se ha celebrado como convenía. Todo se ha consumado de un modo preciso y sencillo. Adiós. Sigue tu camino, chico. Desde ahora la aventura es tuya.

—¡Que tengáis feliz viaje! —dijo Shaban, contento por las palabras del viejo caminante.

—Lo será —repuso—. Como siempre que volví de la Montaña.

El muchacho estuvo un rato viéndolo alejarse en dirección al lago.

Cuando al fin la figura se esfumó en la distancia, montó de nuevo en su caballo y reemprendió la marcha.

Sentía que el futuro se le acercaba por el aire. Respirar era más fácil. La luz era más clara. El espacio se abría a su paso como agua.

Jinete y caballo se fundieron cabalgando.

No muy lejos ya, esperaba la Montaña.

4

SE tragaban el camino que venía por delante. El caballo, después del breve descanso, se había recuperado. Tal vez adivinaba que ya no sería largo el trecho por cubrir en aquella jornada.

Pero estuvo lleno de escollos y dificultades: montículos y depresiones del terreno, frondas espesas, ríos atravesados, campos muy pedregosos, altos zarzales, puentes colgantes que oscilaban a su paso, arenas movedizas que amenazaban con tragárselos, serpientes que se dejaban caer desde los árboles, zonas pantanosas pobladas por mosquitos que se jugaban la vida por quitarles una poca sangre, gigantescas telarañas, pasos angostos entre peñascos, vapores hipnóticos que salían de oquedades de la tierra...

Shaban olvidaba aquellos peligros y obstáculos tan pronto como los superaba. Ya nada podía interponerse de verdad en su decidido avance hacia la Montaña.

Atardecía cuando llegaron a unas praderas donde pacían caballos de muy distintas razas. La montura del muchacho redujo espontáneamente la marcha y adoptó un trote especial que indicaba que allí quería quedarse.

—Tu viaje de ida ha acabado —le dijo Shaban, descabalgando—. Continuaré solo. Seguro que ya es poco lo que falta. Quedas libre hasta que vuelva a buscarte.

Le quitó la silla de montar, las riendas y el freno para que el animal quedase a sus anchas y lo dejó todo recogido junto a un árbol.

El caballo se sumó a los otros corceles relinchando alegremente.

Mientras, sin pérdida de tiempo, el chico se adentró en un bosque por el que era necesario pasar para seguir hacia el Norte.

La espesura del ramaje, que apagaba la luz del aire, le hizo creer que ya oscurecía.

Con una cierta desazón, pensó:

—¿Se me echará la noche encima antes de haber llegado a mi destino?

Redobló, encorajinado, la celeridad de su paso.

Muy pronto, el bosque acabó bruscamente y volvió en parte la luz de la tarde iluminando una escena inolvidable.

En medio de una llanura de tintes pardos y rojizos se alzaba, descomunal, mágica, inabarcable con la mirada, la Gran Montaña.

Era tanta su altura que la cumbre, invisible, estaba envuelta por una formación de nubes blancas, aún tocadas por el sol que se alejaba. Parecían, vistas desde abajo, cascos de naves flotando.

La base de la Montaña era tan amplia que su curvatura apenas se apreciaba. Sus confines se asemejaban a horizontes inclinados.

Su tamaño, aun siendo sobrecogedor, no era la cualidad más asombrosa de la gran

elevación. Tenía multitud de grandes ojos, es decir, entradas de grutas y cuevas que relucían como si su interior estuviese intensamente iluminado.

Pero lo más extraordinario era la profusión de bellísimas construcciones que la poblaban. En muchos lugares inverosímiles de sus laderas, pendientes y escarpas, se alzaban, en prodigioso equilibrio, fabulosos edificios, hermosísimos palacios, templos y catedrales, esbeltos alminares, escalinatas ricamente labradas, cúpulas, arcos, columnatas, enormes estatuas y desconocidos monumentos de los estilos más variados.

Estaban allí, a la vista, los frutos del talento y la imaginación de muchas gentes: geniales arquitectos, artífices de la piedra y el mármol, forjadores de metales, maestros del vidrio coloreado, escultores capaces de plasmar con belleza todo lo existente, grabadores de fachadas y técnicos casi mágicos del equilibrio.

La abrumadora belleza de la Gran Montaña y de todo lo que de ella emergía dejaron a Shaban, por un largo tiempo, paralizado. No hacía más que mirar y mirar, incrédulo, con la boca abierta y los brazos insensibles, colgando.

Lo que estaba a merced de su mirada no se parecía en nada a cuanto había imaginado durante el viaje. Le costaba creer que de verdad tenía ante sí lo que veía.

Con el lento declinar de la luz vespertina advirtió que las luces interiores de las cuevas se hacían más y más refulgentes. Y vio también que los palacios, templos y catedrales estaban iluminados por dentro.

Para abarcar tanta maravilla decidió dar un gran rodeo en torno a la Montaña. Así podría verla desde todos los lados.

Anduvo como un sonámbulo, absorto ante lo que cada nuevo ángulo visual le mostraba. Como había pensado, todas las faldas, laderas y escarpas estaban cuajadas de prodigios arquitectónicos.

Su emoción era muy grande. Pensaba que sólo con el privilegio de poder ver todo aquello ya estaba recompensado con creces el esfuerzo del viaje.

Continuó el larguísimo rodeo cada vez más deprisa. Se había dado cuenta de que sobre la Gran Montaña la atmósfera se oscurecía.

Cuando llegó la noche sólo había dado una pequeña parte de la vuelta entera de la Montaña. Comprendió que haría falta mucho tiempo para completarla y desistió de la idea.

No iba a pasar la noche a la intemperie. Tenía que descubrir cuál era la más favorable de las laderas para dar sus primeros pasos en la Montaña.

Era difícil decidir por dónde acercarse. Después de un largo momento de duda, dejó que el azar lo guiara y se puso a andar en dirección a la falda más cercana.

Los fulgores de las cuevas y los edificios iluminados, que por miles ornaban la Gran Montaña, resplandecían nítidos, rutilantes, como si también la tierra estuviese estrellada.

Cuando el terreno empezó a hacerse suavemente empinado bajo sus pies, Shaban supo que ya estaba pisando la mole misteriosa y legendaria.

A no mucha distancia, tras una cuesta suave, se abría una de las cuevas con luz.

De pronto se sintió seguro de que la gruta iluminada iba a ser, por aquella noche, su casa. Avanzó como un caminante cansado que se alegra con toda el alma al avistar, por fin, un lugar donde hallará reposo y cobijo.

Las últimas luces de la jornada se habían deslizado hacia Poniente minutos antes. La noche era tersa y calma.

Todo estaba dispuesto. Un nuevo visitante hacía su entrada por primera vez en la Montaña.

Y el Universo lo miraba.

5

EN cuanto Shaban entró en la caverna se dio cuenta de que era tan grande que sin duda ocupaba una gran parte del interior de la Montaña.

Aquella cavidad inmensa, en forma de gran campana, estaba intensamente alumbrada. La luz procedía de lo alto, de la bóveda invisible y lejana. La claridad era tan acusada que cegaba. El chico se protegió los ojos con las manos.

A todo ello se añadía un rumor lejano, como si miles de voces, sonando desde la altura distante, cantaran a coro con gran fuerza una melodía sin palabras.

Shaban se sintió encogido, pequeño. Casi tuvo ganas de llorar bajo aquella enormidad que lo desconcertaba.

Miró hacia arriba con toda su fuerza de voluntad. Quería sobreponerse. Se esforzó en ver algo. Pero no distinguió más que vacío inmenso, altura iluminada y un mar incandescente que parecía estar cada vez más alto, más lejano.

Miró entonces a su alrededor y descubrió que, distribuidas por toda la extensión de la gran caverna, había cientos, miles de lujosas camas, cubiertas con dosel, gasas, colgaduras y sedosas colchas.

Cada una tenía una inscripción grabada con letras de oro en la cabecera. Leyó unas cuantas y, al hacerlo, le pareció que las voces que se oían las cantaban.

«Mar de la tranquilidad.»

«Oasis del afortunado caminante.»

«Balsa de la dicha y de la calma.»

«Refugio de la paz del viajero.»

A partir de aquel momento Shaban se sintió agradablemente confortado. Después del largo y azaroso viaje notaba un profundo cansancio. La posibilidad de echarse a dormir, siquiera un rato, en una de aquellas acogedoras camas se le hizo apetecible en gran manera.

Pero tenía que elegir una de entre tantas. Nunca había estado en un salón tan vasto con miles de regias camas. ¿Cómo iba a saber cuál era la que mejor le convenía si eran todas parecidas, aunque no había dos iguales?

Pensó, como única salida, decidirse por aquella cuya frase escrita le pareciese más atractiva, aunque todas se lo parecían.

Y siguió leyendo mientras avanzaba por los pasillos que las hileras de lechos formaban.

«Víspera del renacer más placentero.»

«Remanso del Espacio y el Tiempo.»

«Nave de los estuarios de la noche.»

«Puente del crepúsculo a la aurora.»

«Nao de la estrella matutina.»

Todas las inscripciones le parecían seductoras. Pero aún siguió buscando, en espera de hallar alguna por la que se sintiera plenamente llamado.

Al fin dio con una que le pareció escrita expresamente para él:

«Bajel de los espacios infinitos.»

Navegar en los espacios infinitos se le antojaba la forma más perfecta de descanso. Estaba decidido: aquélla sería su cama.

Se desvistió. El clima templado del lugar no exigía abrigo. Por no dejarla en el suelo puso su ropa, plegada, sobre la cama contigua. Después se acercó a la que había elegido.

Apartó la cascada de gasa azulada que

caía del dosel y se tendió sobre la amplia cama sin bajar el cobertor de damasco malva con dibujos blancos.

Al poco rato, el fulgor lejano de la bóveda se fue debilitando. La gran cueva se llenó de penumbra acogedora. Pronto, los otros lechos, en su número incontable, fueron desapareciendo de su vista, como fundiéndose en la nada. También las dimensiones de la cueva parecieron reducirse, hasta hacerse normales. Todo en aquella atmósfera interior le protegía.

Su cuerpo se fue durmiendo. Primero los pies, luego las piernas. Momentos más tarde un sueño invencible se adueñó de sus caderas; al instante, su cintura ya dormía. Aquella oleada de bienestar y reposo le llegó enseguida al pecho. Los brazos, ya ni los sentía. Después se distendió su cuello y la cabeza le quedó suavemente ladeada. La boca pronto se le durmió, quedando entreabierta. A continuación se le sumieron en el sueño hasta las mismas raíces de los cabellos.

Sólo sus ojos estaban aún abiertos. Pero sus párpados pesaban más a cada instante. Shaban no hacía nada por resistirse, sólo recordaba el lema grabado en la cabecera:

«Bajel de los espacios infinitos.»

Y era así como se sentía, navegando en el espacio. Sólo le quedaba entreabierta la puerta última del pensamiento.

A través de ella se dijo:

—Quisiera estar un siglo así. Por nada del mundo cambiaría.

Y, así pensando, se durmió por entero.

El tiempo pasó despacio en la primera hora. Después, la mente de Shaban se iluminó con un sueño prodigioso.

Se vio en la cumbre de la Gran Montaña, sin nubes. Desde aquella cima divisaba un extensísimo panorama. Y todo estaba lleno de Montañas, tan altas como aquélla en la que estaba.

Todas tenían un gran número de cuevas interiormente iluminadas e incontables edificios que emergían en inverosímil equilibrio, derramando por terrazas y ventanales el fulgor interno de sus luces.

Entonces Shaban, en la clarividencia del sueño, comprendió:

—La Gran Montaña es una, pero es como si existieran infinitas Montañas. Cada viajero tiene, no sólo un camino propio para llegar, sino también su propia Gran Montaña, que sólo a él le pertenece, aunque sea la misma que la de los demás.

Si otra cosa vio o soñó después, no llegó nunca a saberlo. El Tiempo se llevó el recuerdo con la noche en calma.

¿Hubiese soñado lo mismo de haber elegido otra cama? Esto es algo que nunca se sabrá. Y está bien que así sea: la vida es un continuo elegir rodeado de misterios.

6

CUANDO la primera luz del día entró en la cueva Shaban se despertó lentamente.

A través de las gasas que envolvían el gran lecho vio, desdibujadas, una multitud de siluetas que rodeaban la cama.

Tan pronto como aquellos personajes advirtieron que él se despertaba, se produjo una súbita desbandada. Como si temieran algo, u obedecieran a una señal dada, todos a una se dispersaron y se fueron.

Shaban aún estaba medio dormido. No pudo reaccionar a tiempo. Cuando saltó del gran lecho la cueva ya estaba solitaria.

Entonces vio que sólo había una cama: la que había ocupado. Sus ropas estaban en el suelo, a poca distancia. Se las enfundó en un momento.

Quiso saber por dónde habían salido los que le miraban mientras dormía. Vio entonces que la gruta era ciega: no tenía más salida que la entrada.

Cuando llegó al exterior todos aquellos personajes ya estaban a gran distancia. Se habían diseminado ascendiendo por la ladera, en todas direcciones.

Al verle aparecer en el umbral de la caverna, todos le hicieron señas desde lejos, como llamándole. De creer lo que veía, Shaban hubiese pensado que todos se ofrecían a guiarle.

Algunos estaban asomados a los ventanales de los suntuosos edificios y palacios; otros en las entradas de cuevas alejadas; los restantes, esparcidos aquí y allá por los estrechos senderos dibujados en la corteza de la Montaña.

¿A cuál seguir? ¿A quién hacer caso?

Al verle dudar, las señas de todos se hicieron más apremiantes.

Sin haber decidido aún, el chico tomó un camino que apuntaba Montaña arriba. La cumbre, lejanísima, tapada por las nubes blancas, continuaba invisible.

Después de subir un trecho de pendiente muy pronunciada, medio cegado por el sol que lucía radiante, Shaban se dio cuenta de que estaba muy cerca de la entrada de una cueva.

Junto a ella esperaba uno de los personajes que habían estado llamándole. Llevaba una túnica amplia, amarilla, con extraños jeroglíficos bordados en color escarlata. Una máscara plateada le ocultaba el rostro.

El chico miró entonces alrededor, en la distancia. Los restantes personajes que minutos antes llamaban su atención con ademanes habían desaparecido como por ensalmo.

En cuanto Shaban se le acercó, el joven de la túnica amarilla, de una forma raramente amable, le dijo:

—Ahora empieza tu visita a la Montaña. Esta jornada será la más importante de las que hasta hoy has vivido.

—¿Quién eres tú? ¿Quiénes sois vosotros que desde todas partes me llamabais?

El enmascarado no respondió enseguida. Meditó su respuesta, que al fin fue:

—Nuestra misión es ayudarte a dar aquí los primeros pasos.

—¿Desde cuándo estáis en la Montaña?

—Ayer no estábamos. Mañana ya habremos partido.

—¿Quieres decir que estáis aquí sólo por mí?

—Así puede decirse, porque mientras estés aquí la Montaña es *tu* Montaña. Para nosotros no existe más visitante que tú.

—Entonces, ¿nada sabéis de una amiga mía que se llama Rudaima? Creo que llegó también ayer noche a la Montaña.

—No es asunto nuestro su cuidado. Si ella está aquí, tendrá sus propios acompañantes. No debes inquietarte.

—Pero, ¿podré verla?

—Para ello tendría que darse una coincidencia muy extraña. Lo más seguro es que no. Y, en todo caso, si la vieses, no la conocerías fácilmente.

—¿Por qué no?

—¡Porque sería muy distinta a la que has conocido.

—¿La habría transformado la Montaña?

—No la Montaña, el Tiempo.

—No lo entiendo.

—Preguntando no descubrirás lo que te espera. No hablemos más. Después lamentarías el tiempo perdido. La jornada pasará deprisa, mucho más de lo que crees.

Algo contrariado, Shaban preguntó:

—¿Qué tengo que hacer, pues?

—Lo que tu voluntad decida. Eres libre por entero, tenlo presente. Pero ya que tus pasos te han traído hasta aquí, puedes, si quieres, entrar por esta cueva.

—¿Qué hay de especial en ella? —inquirió el chico, asomándose un poco.

—En principio, nada. Pero la tienes a tu alcance. ¿Qué decides?

Shaban, de pronto, se sintió resolutivo.

—No voy a estar dudando todo el día. Entraré.

Y así lo hizo. El personaje de la máscara de plata permaneció en su lugar. Shaban se sorprendió.

—¿No me acompañas?

—Ve tú solo. Acudiré si hace falta. ¡Suerte!

La caverna tenía un primer vestíbulo, poco amplio, en el que no había nada. Luego se estrechaba, adentrándose hacia el interior de la Montaña, hasta convertirse en túnel.

El pasadizo se fue oscureciendo a medida que se alejaba de la entrada. Shaban anduvo un trecho recto casi a oscuras. Tanteaba los muros con las manos y aseguraba cada paso apoyando el pie sin descargar su peso en él antes de asegurarse de que el suelo no fallaba.

Avanzaba, sin embargo, tan deprisa como sus precauciones le permitían. Pasado un tiempo, percibió al frente una claridad.

—Es luz diurna —se dijo—. ¿Habré atravesado la Montaña? ¿Estaré llegando a la ladera opuesta a la que he estado?

Pero no se detuvo. Siguió caminando con más soltura. Ya no le era necesario tantear.

—No puedo haber llegado en tan poco tiempo al otro lado de la Montaña, imposible —concluyó reflexionando sobre la marcha—. ¿Vendrá esta luz de algún cráter?

La claridad se intensificaba a cada paso. El túnel se iba ensanchando, haciéndose más y más amplio. Shaban echó a correr.

Le comía la impaciencia por descubrir cómo podía la Montaña albergar en su interior un resplandor tan grande como aquél y qué lo causaba.

El corredor, al fin, se abrió tanto que sus muros se separaron a derecha e izquierda y desembocó en un abierto espacio.

Sobre Shaban apareció un cielo de un azul tan intenso que casi dañaba la mirada. Y ante él, extendiéndose por los lados y al fondo con suaves ondulaciones, las arenas ocres de un desierto cuyo fin no se advertía.

Resultaba inconcebible que un espacio tan grande cupiera en el interior de la Montaña, por enorme que ésta fuera. Costaba creer que bajo la mole inmensa de miles de toneladas pudiesen existir cielos iluminados.

El muchacho recordó entonces las palabras de su padre y cobraron pleno significado:

«Ya es hora, pues, de que conozcas, como hice yo a tus años, aquel lugar *que es uno y que son tantos...*»

De pronto, unas ráfagas de aire salvaje le avisaron de que la calma que allí reinaba no iba a mantenerse mucho tiempo.

Las turbulencias del viento levantaron nubes de arena ante él, a poca distancia.

Shaban conocía los peligros de una tempestad de arena en el desierto. Nunca se había visto en ninguna, pero sabía que, en ocasiones, la furia del vendaval era capaz de sepultar caravanas enteras bajo la arena.

Si la tormenta que parecía estarse formando se desataba, iba a correr un grave peligro. Aún podía retroceder y escapar por donde había venido, pero la sola idea de hacerlo le repugnaba.

No sabía qué se esperaba de él, pero estaba seguro de que lo peor que podía hacer era echarse atrás ante la primera situación de peligro.

Las rachas huracanadas seguían azotando el desierto con fuerza que iba en aumento. Pero el chico se decidió a encarar resueltamente lo que se acercaba. Se sentía frágil e insignificante ante la furia del aire, pero ali-

mentaba en su interior una fuerza, distinta a la física, que lo sostenía.

Las dunas parecían recibir los impactos de un látigo descomunal que lanzara a gran altura columnas de arena, que luego caían en cascada.

Era ya tan grande la cantidad de partículas doradas que volaban por el aire que la luz del cielo se oscureció. La bóveda azul se había vuelto blanca, veteada por cambiantes estelas pardas.

Antes de que un alud de arena lo asfixiara, se quitó el jubón y se protegió con él la cabeza, dejando apenas una rendija para no quedar a ciegas.

Aquella precaución fue salvadora. Al poco tiempo, una descarga de aire y arena lo derribó. El chico pensó que aquello era el fin de su aventura.

Pero no dejó de sujetar con fuerza el jubón, para impedir que el huracán se lo arrancara de la cabeza. Era su última posibilidad de supervivencia.

Rodó sobre sí mismo, arrastrado por el

aire. Las partículas de arena se incrustaban con furia en su espalda, en su torso y en sus manos. Dolía. Tosió varias veces bajo la endeble protección de tela. Sintió que se ahogaba.

Se quedó después quieto, protegiéndose a duras penas con las manos, sin atreverse siquiera a alzar la cabeza. Estuvo así un tiempo sin que la tempestad volviera a abatirse directamente sobre él. De no ser porque continuaba oyendo el fragor del aire enfurecido, hubiese pensado que el temporal amainaba.

Cuando se atrevió a mirar de nuevo, se dio cuenta de que algo inesperado, prodigioso, estaba teniendo lugar.

De un salto se incorporó. Quería estar seguro de que no estaba viendo un espejismo que se esfumaría en cuanto él cambiara de postura.

La imagen persistió, real y verdadera: para asombro de sus ojos y de su entendimiento, una ciudad entera estaba emergiendo del desierto.

En un primer momento, desconcertado, se preguntó qué fuerza descomunal podía hacer que una ciudad brotara de las arenas.

Después, mientras seguía contemplando el fenómeno, comprendió: la furia del aire había excavado una gran hondonada. Por tanto, aunque la ciudad parecía estar emergiendo desde las profundidades de la arena, lo que ocurría era, en cierto modo, lo contrario: el viento desatado estaba dejando al descubierto una ciudad sepultada en el desierto.

Al principio, la urbe se había hecho visible a través de sus torres, pináculos y prominencias más elevadas, dejándose adivinar. Pero ahora, mientras el viento proseguía su ciega función excavadora, otros niveles resultaban ya visibles. Sus cúpulas resplandecientes, sus amplias terrazas con balaustradas de mármol labrado, los remates de muchos edificios singulares.

Después quedaron al descubierto los cuerpos enteros de sus variadas construcciones, los jarrones y animales mitológicos que daban relieve a sus fachadas, los misteriosos frontispicios, los relojes astrales, las estatuas de bronce de irreales personajes, los monumentos de tema indescifrable y el armónico trazado de sus avenidas y plazas.

La ciudad entera surgía resplandeciente de su largo sueño bajo las arenas. Estaba maravillosamente bien conservada, a pesar de la antigüedad que Shaban le adivinaba.

Como por encanto, la fuerza del vendaval fue amainando al quedar desenterrada la ciudad. Sólo algunas ráfagas aisladas acabaron de barrer la poca arena que quedaba en cornisas y terrazas.

El muchacho presintió que aquella urbe bellísima encerraba un secreto. Se parecía muy poco a las ciudades antiguas que había visto en los viajes con su padre. Su perfección era turbadora, inquietante. Parecía haber sido concebida y edificada para algún fin fuera de lo cotidiano de las cosas.

La tentación fue inmediata. Deseó descender por las altísimas dunas que el viento excavador había levantado en torno a la ciudad, como si de murallas de arena se tratara.

Pero, en cualquier momento, a pesar de la engañosa calma que se había instaurado en el ambiente, el viento podía arreciar de nuevo. Entonces las gigantescas murallas recién formadas alrededor de la ciudad podrían desplomarse y dejarla sepultada como antes.

Si él se encontraba en la hondonada, dentro de la ciudad, en aquel momento, sería aplastado sin remedio por la avalancha de arena. El peligro era evidente.

Pero si algo quería averiguar, no tenía más opción que la de descender y adentrarse en las blancas avenidas que se dibujaban a sus pies.

Ciegamente confió en que la bonanza perduraría lo suficiente. Era lo que necesitaba creer y se negó a dar audiencia a los temores.

Se deslizó cuesta abajo por la falsa muralla dejando en la arena una estela solitaria.

Se le ocurrió de pronto que aquella ciudad no había sido nunca habitada. Era demasiado perfecta, demasiado bella, como una quimera de ónice, mármol y alabastro.

Shaban llegó junto a los edificios periféricos y avanzó por una de las amplias avenidas. A ambos lados se erguían estatuas de personajes fabulosos. Aquellas figuras parecían esculpidas con la intención de exaltar la belleza de seres imposibles, imaginarios y, al mismo tiempo, humanos.

La soledad que se respiraba era sobrecogedora, fantasmal, como de otro mundo. Pero enseguida se vio ligeramente perturbada: una sombra fugaz atravesó una encrucijada de avenidas y penetró en uno de los edificios más descollantes.

Sin pensarlo dos veces, Shaban corrió tras ella. En su carrera apenas advirtió que por encima de la ciudad el viento renacía, amenazando con sumergirla de nuevo bajo oleadas de arena.

El sólo pensaba entonces en alcanzar al furtivo personaje. Podría quizás ayudarle a conocer el secreto del lugar.

Entró por la puerta que el otro había cruzado. Allí estaba, esperándole. Lo reconoció al instante: era el joven de la máscara de plata.

—¿Cómo has llegado hasta aquí? —le preguntó Shaban—. ¿Me has seguido?

—No —repuso tranquilamente el enmascarado—. Estoy aquí porque éste es mi sitio ahora.

—¿Viste cómo el viento desenterraba la ciudad?

El aludido no oyó la pregunta. El viento, cada vez más intenso, ahogó las palabras de Shaban. Hablando con fuerza le dijo al muchacho:

—Has demostrado arrojo y decisión al bajar hasta aquí. Tu conducta me complace y me da fuerza.

El chico no comprendió el porqué de aquella última afirmación. Pero, en lugar de preguntarlo, prefirió saber, acercándose mucho a su interlocutor para que le oyera:

—¿Qué ciudad es ésta? ¿Quiénes la construyeron, tan distinta a todas?

—Según mis conjeturas es la antigua Ulthar. Durante mucho tiempo se ha pensado que nunca había existido realmente, que pertenecía tan sólo a la leyenda. Es un descubrimiento extraordinario.

—¿Qué cuenta la leyenda de Ulthar?

—Fue construida por siete príncipes de Oriente que querían disfrutar de un lugar de belleza incomparable en el que pudiese alcanzarse la felicidad humana. Pero antes de que pudiesen habitarla con sus séquitos y harenes, Ulthar fue sepultada en pocas horas por una tempestad que cambió de lugar todas las arenas del desierto y borró todas las sendas. Los príncipes y sus exploradores recorrieron durante años Arabia sin dar nunca con el emplazamiento de la sepultada Ulthar. Después, con el paso de los siglos, su existencia fue puesta poco a poco en duda, hasta que se convirtió en leyenda. Pero ahora sabemos que existió. Merece figurar entre las maravillas del mundo y en la historia de las quimeras de los hombres.

Después de un engañoso momento de calma, el viento volvió a anunciar que no permitiría que la antigua Ulthar siguiese a cielo abierto por mucho tiempo.

El ataque final de la tempestad estaba a punto de desencadenarse. Las montañas de arena del sur ya empezaban a caer sobre la ciudad. Shaban sintió entonces verdadero miedo. Las dunas gigantescas se desmoronaban con ahogado estrépito. Las avenidas de Ulthar eran ya ríos de arena que crecían por momentos.

—No tengas miedo ahora, ya que fuiste capaz de no tenerlo antes —dijo el enmascarado, apurando el aire todavía respirable—. Estás en la Gran Montaña, no lo olvides.

El firmamento se oscureció como si una noche súbita fuese a acabar con todo en unos instantes.

—Sígueme. Hacia el subterráneo. Es la única salida.

Shaban le siguió sin decir nada. Temía que al hablar la voz le temblara, que se le convirtiera en grito de espanto. Creía que ambos estaban perdidos, sin esperanza posible. Pero sus piernas no fallaron.

Su anónimo acompañante empezó a bajar por una escalera de caracol. En sus manos había aparecido una antorcha encendida. Los irregulares peldaños fueron a dar a una gruta de la que arrancaban varios pasadizos naturales.

—¿Estamos en los sótanos de Ulthar? —preguntó Shaban, sin atreverse a decir lo que realmente pensaba: si la arena cubría la ciudad, pronto aquel subterráneo sería irrespirable.

—Ulthar ya está muy lejos. Ninguno de sus peligros te amenazan.

—¿Dónde estamos entonces? —inquirió el chico, sin saber a qué atenerse.

—En la Gran Montaña. Y aún no has completado tu jornada. Puedes continuar tu camino por cualquiera de estos túneles. La antorcha es tuya. Adiós.

Dicho aquello, el joven de la máscara de plata empezó a retirarse hacia las sombras. Shaban inquirió:

—¿Adónde vas?

Al lugar de donde vine. Olvídate de mí y prosigue. Te esperan otros hechos y escenarios.

Antes de que se alejara más, el chico le lanzó rápidamente:

—¿Por qué ocultas tu rostro con una máscara?

—Para que no sepas, antes del momento adecuado, quién soy.

—¿Quieres decir que te conozco, que te había visto antes?

—Nunca me habías visto. Es imposible.

—Pues, ¿cómo podría saber quién eres aunque te viese la cara?

—Ya eres capaz de adivinar hasta lo más inesperado y extraño. Y no es conveniente que lo hagas antes del fin de esta jornada.

—¿Mañana lo haré?

—Si todo transcurre como se espera, antes del alba podrás hacerlo.

—Pronunciadas estas palabras, el enmascarado se alejó caminando hacia atrás. Llevado por un impulso, Shaban le siguió blan-

diendo la antorcha. No lo vio en parte alguna. Parecía haberse desvanecido en las
tinieblas.

Con todo, el chico lanzó al aire una última
pregunta:

—¿Volveremos a vernos?

La otra voz, desde una gran distancia,
respondió:

—Nunca me verá tu mirada como hoy.
Eso sólo ha sido posible unos instantes por-

que estás en la Montaña. Nuestro encuentro acabó; para mí no existes ya.

Sólo quedó silencio tras aquellas enigmáticas palabras. Shaban estaba totalmente solo una vez más. No podía hacer otra cosa que seguir avanzando, como le había dicho el enmascarado.

Eligió un pasadizo y con la antorcha en la mano se abrió paso entre las sombras.

7

AL rato de estar caminando, le llegó un aroma inconfundible. Shaban lo reconoció al instante: era el olor del mar.

Inicialmente le causó sorpresa encontrar aquel aroma en el interior de la Montaña. Pero enseguida razonó: al igual que contenía un océano de arena, un desierto, la Montaña podía tener mares interiores o cualquier otro de los parajes del mundo que él conocía.

El túnel describió una curva muy pronunciada. El chico aminoró la marcha. La fragancia marina era en aquel punto embriagadora. Era inminente el reencuentro con el mar.

Doblado el recodo fue a salir a una plataforma de piedra, escasamente elevada. Desde allí vio, destacándose en un panorama de purísima blancura, el verdeante azul de un amplio mar.

Su primer impulso fue el de correr hacia el agua y sumergirse en ella, como tantas veces había hecho, desde niño, en cualquiera de los mares de su vida.

Pero la rara blancura del paisaje lo detuvo. De no ser por el templado ambiente hubiese pensado que un manto de nieve cubría las costas. Pero brillaba de otro modo. Parecía arena blanca, mármol triturado, harina de cereales o vidrio en polvo, pero no nieve.

La mirada no le sacaba de la duda. Y Shaban quería saber qué hacía tan blancas las orillas. Corrió entonces hacia la más próxima ensenada.

En cuanto sus sandalias pisaron aquella blancura que el sol no derretía, se arrodilló y tomó un puñado de los minúsculos cristales.

Ya casi tenía la respuesta. Acabó de dársela la lengua: aquello era sal, sal derramada por el mar sobre las costas.

Desde la orilla vio mejor el panorama cir-
cundante: un mundo blanco donde las rocas
marinas cubiertas de sal parecían fabulosas
estatuas, formas misteriosas, encantadas.

Luego, al volver su mirada hacia las
aguas, Shaban advirtió algo en lo que hasta
entonces no había reparado.

A media distancia de la ensenada se encontraba una nave de pequeño tamaño.
Desde allí se apreciaba el trabajado perfil de
su silueta, semejante a un ave. Podía ser la
embarcación de un príncipe o un navío de
honor dedicado a un personaje importante
o botado para un solemne fin.

Las aguas estaban en completa calma. El
aire, inmóvil. La costa, solitaria. El cielo vacío de aves y los peces, si los había, en el
fondo se ocultaban.

La nave, en completa armonía con la quie-
tud de la escena, parecía anclada para siempre en aquel paisaje marino del que formaba
parte.

Tampoco a bordo se divisaban movimien-
tos ni presencia humana alguna. La embar-

cación parecía abandonada, esperando a que el paso del tiempo la desgastara, hasta acabar hundiéndola algún día, en anónimo naufragio.

Shaban se dispuso a medir sus fuerzas con aquella distancia. Nadando a velocidad sensata y dosificando la respiración, era salvable. Nada le impedía acercarse a la nave varada en el agua.

Dejó sus ropas externas y sus sandalias sobre la sal de la ensenada. Se adentró caminando en el mar cálido. Cuando le cubrió la cintura se impulsó hacia delante y empezó a nadar.

A medida que se acercaba fue apreciando nuevos detalles en la nave. Su mascarón de proa era una talla esmaltada que representaba un unicornio. A lo largo de todo el costado que veía, fijados en el casco, había diversos emblemas, del tamaño de escudos de combate, en los que figuraban constelaciones y otros signos relacionados con los astros.

Cerca de la proa, como enseña de la nave,

colgaba de un mástil un estandarte azul en el que se adivinaba, bordada en plata, una enigmática imagen del universo.

Todos aquellos elementos le hicieron pensar a Shaban que la embarcación estaba relacionada con la Magia.

De pronto, sin más motivo, pensó que se acercaba a su morada, que aquella nave le estaba esperando para llevarle a conocer secretos lugares del mundo donde podría aprender la Artes que lo convertirían un día en Mago.

Cuando estuvo cerca dio voces para alertar a los posibles tripulantes, aunque estaba cada vez más convencido de que a bordo no había nadie.

—¡Eh, los de la nave, estoy aquí, lanzadme un cabo!

Repitió varias veces la llamada, cada vez de forma más sonora. Pero nadie acudió ni hubo a bordo el más leve movimiento.

Ante aquel silencio, Shaban se decidió a rodear la nave a nado. Aún confiaba en descubrir algo en el costado opuesto.

En la banda de babor también había emblemas que aludían a ciencias secretas de los magos. Pero algo de interés más inmediato atrajo la atención del muchacho: una cuerda nudosa colgaba de aquel costado hasta casi tocar el agua.

No consideró necesario dar más voces. Empezó a trepar con el ánimo dispuesto a un pacífico abordaje.

En cuanto saltó sobre la borda y cayó en cubierta vio algo que lo dejó con el ánimo en suspenso: había allí doce cuerpos tendidos sobre camastros que consistían apenas en cuatro cortas patas de madera y un bastidor sobre el que estaba tensada una lona áspera.

Los personajes yacentes iban vestidos de gran gala, cada cual en un estilo diferente. La mayoría eran hombres, aunque había también tres mujeres. Todos estaban inmóviles e inertes.

Con un estremecimiento, Shaban pensó que estaban todos muertos. Había oído que, en ocasiones, epidemias asolaban las naves en viaje hasta acabar con todos los tripulantes.

—Puede que estas personas —dedujo Shaban muy conmovido—, sabiéndose enfermas de muerte y sin modo de procurarse remedio, decidieran esperar el fin y dispusieran sus literas en cubierta para morir contemplando el firmamento.

A continuación pensó algo aún más inquietante:

—Este lugar puede estar contaminado. Si sigo aquí corro el riesgo de contagiarme y acabar como ellos.

Su cuerpo giró en redondo, presto a lanzarse al agua sin pérdida de tiempo. Pero, al instante, un impulso más poderoso subió a su corazón.

—Puede que estén aún con vida. Tengo que estar seguro de que no es así antes de irme.

Se fijó con más atención en los cuerpos tendidos. Entonces pudo ver que su rigidez no era completa. En los pechos se advertía un movimiento rítmico.

—¡Sí, aún respiran! Tal vez no sea demasiado tarde. Si pudiera hacer algo...

Reparó en aquel momento en que junto a cada persona había una copa, de cristal y oro, vacía.

—¿Habrán tomado algún veneno para escapar al sufrimiento?

Decidido a averiguarlo, tomó con precaución una de las copas y la olió.

—¡No es veneno, es haoma!

Había identificado fácilmente el aroma que aún estaba en la copa. Le bastó para saber que había contenido aquella poción, cuya antiquísima fórmula procedía de tiempos anteriores a la época de Darío, llamado el Gran Rey de los persas. Su padre, Yaltor, la había tomado, que él supiese, en dos ocasiones, antes de hacer frente a pruebas muy difíciles. Nunca se la había dejado probar, pero el olor le era conocido.

—Ahora ya no hay duda —se dijo Shaban—. Todos ellos son Magos, reunidos aquí para algo importante: han bebido el ancestral haoma.

A partir de aquel momento, con lentitud ritual, la escena se puso en movimiento.

Uno de los Magos empezó a incorporarse en su litera. Otro lo hizo después. Dos más, un poco más tarde. Pasado un rato, los restantes también se fueron reanimando. Actuaban como personajes de una meticulosa danza.

Extrajo luego cada cual un pequeño brasero que había estado oculto hasta entonces bajo cada camastro. Los alimentaron con el fuego de unas largas bengalas que ardían al ser frotadas.

Al recibir el contacto de las llamas, las maderas aromáticas y las resinas en polvo que estaban en los calderillos de los braseros empezaron a desprender fragancias que disipaban los rastros del sueño y avivaban los sentidos.

Los Magos ejecutaron aquellas acciones sin mirar a Shaban en ningún momento. Su presencia parecía ser ignorada por completo.

Entonces, un nuevo personaje, procedente del sollado de la nave, apareció en cubierta.

A Shaban casi se le escapó una exclamación. Creyó reconocerlo. Y, aunque desconocía su nombre, tuvo el deseo de llamarlo.

Pero, mirándolo más, se dio cuenta de que no era quien había pensado en un primer momento.

Sí era igual la máscara de plata, y parecido el porte de la persona. Pero su piel estaba mucho más curtida por el sol y los cabellos eran más largos. Aunque joven también, tenía

algunos años más y parecía más fuerte.

Se le parece bastante —se dijo Shaban sin moverse de donde estaba—. Pero no es el joven que encontré en Ulthar. Sólo la máscara de plata es idéntica.

Entretanto, los Magos habían apartado las literas. Después formaron un semicírculo en el centro de cubierta. Los vapores de los braseros los envolvían. Ellos parecían aspirar con deleite aquella tenue niebla perfumada.

El personaje de la máscara de plata vestía una sencilla túnica de lino que contrastaba con el esplendor de los ropajes de los Magos. Se situó ante el semicírculo que aquellos formaban y se inclinó en una profunda reverencia. Luego quedó en actitud de concentrada espera.

Acto seguido, uno de los Magos, que estaba en el centro y aparentaba ser el de más edad entre todos, tomó la palabra:

—Vamos ahora a celebrar una ceremonia sencilla y entrañable, acerca de cuyo profundo significado no es necesario insistir. Actos como el que nos disponemos a realizar no tienen lugar, hoy en día, más que de tarde en tarde. Su escasa frecuencia realza aún más, si cabe, la relevancia de este momento.

Shaban, que no había perdido palabra, se preguntó qué clase de ceremonia iba a desarrollarse. Absorto en lo que veía y oía, ni siquiera se daba cuenta de que su presencia seguía pasando inadvertida.

El anciano dijo a continuación:

—Antes de prestar juramento, nuestro huésped de honor demostrará, como prescribe la costumbre, que conoce el Código de Honor y Conducta de los que eligen el más noble y alto ejercicio de la Magia. Te escuchamos.

El chico estaba maravillado: ya había comprendido. Aquel acto era la investidura de un nuevo Mago. Sabía que su padre, en su juventud, había alcanzado tan preciada categoría en una ceremonia semejante.

—Tal vez algún día —soñó Shaban—, yo también preste juramento ante una asamblea de Magos. Si eso ocurre, habré logrado lo que más deseo en la vida.

El personaje de la máscara de plata, en quien reposaban todas las miradas, habló entonces:

—Quiero, con breves palabras, merecer vuestra aprobación. Para ello expondré los Principios que han de regir la vida de un Mago.

El anciano hizo un gesto de asentimiento, invitando al enmascarado a proseguir.

Entonces Shaban se vio dominado por una súbita ansia. Algo en su interior lo impulsaba a una acción insensata: quería tomar la palabra en lugar del hombre de la máscara de plata.

Se sentía capaz de enunciar los ideales de un verdadero Mago. Había visto a su padre en acción muchas veces; con lo observado tenía bastante para cumplir con aquella exigencia del ritual. Deseaba intervenir, cada vez más.

Pero comprendió que no podía tomarse una libertad tan grande. De hacerlo, seguramente sería expulsado de la nave.

—Ya mucha suerte es —se dijo—, estar aquí. Puedo ver y oír: es suficiente. Si me quedo quieto donde estoy, nadie reparará en mí hasta el final. De lo contrario...

Volvió a oírse, firme y solemne, la voz del enmascarado:

—El mago nunca usará de sus Artes para asustar a las gentes ni para someterlas o engañarlas con prodigios verdaderos o falsos. Por el contrario, procurará siempre hacer transparentes las cosas consideradas como extrañas, ampliar los horizontes de la existencia humana y poner su ciencia al servicio de sus semejantes.

Sin darse cuenta de lo que hacía, Shaban avanzó unos pasos hasta situarse junto al que había hablado. Inmediatamente, el chico oyó su propia voz diciendo con entereza:

—El Mago aceptará siempre los retos y desafíos del Misterio. Hará de lo desconocido su Casa hasta que sea digno de habitarla. En sus sueños contemplará lo finito y lo infinito, sin miedo. Viajará siempre con el cuerpo y con la mente y no tendrán para él fronteras los espacios. Y, por encima de todo, sabrá que no es más que un Explorador que trata de abrir caminos en nombre de los que, después de él, habrán de recorrerlos, es decir, en nombre de todos los seres humanos.

Impresionado por lo bien que había sido capaz de expresarse sin prepararlo, no pudo decir más. Estaba hondamente emocionado, la alegría lo arrebataba y se sentía exhausto.

Pero temía también que los Magos se encolerizaran por su osadía. Se imaginó rodeado por todos ellos y arrojado por la borda sin contemplaciones, como un polizón indeseado.

Pero nada de eso sucedió. Los Magos no se inmutaron. Todo continuó como si sólo el joven de la máscara hubiese hablado. Entonces el anciano le dijo a aquél:

—Tu conocimiento de las Leyes de la Alta Magia es satisfactorio. Podemos pasar al juramento. ¿Juras solemnemente, ante todos nosotros, poner siempre todas tus fuerzas, físicas y mentales, al servicio de los ideales que has descrito hasta que tu vida se apague?

—Lo juro —afirmó el enmascarado.

—Que así sea —deseó el anciano.

—Así será —añadieron a coro los restantes Magos.

Después, todos abrazaron a su nuevo hermano y besaron sus mejillas de plata.

Shaban se hizo a un lado. Todos continuaban comportándose como si él no estuviera. Esto le causaba cada vez más extrañeza, pero también aliviaba sus temores.

Alguien dijo entonces:

—Descendamos ahora. Los manjares de la celebración están preparados.

Siguiendo la indicación, los fabulosos personajes bajaron al interior de la nave.

Shaban se quedó solo en cubierta, entre los braseros ya apagados.

Se sentía como si también él hubiese jurado como Mago. Una dicha sin igual lo sostenía bajo el cielo acuático.

8

Estuvo en cubierta un largo rato, dudando.

Por una parte se resistía a marcharse. Desde lo ocurrido, la nave le parecía mejor lugar que cualquier otro. Pero no se atrevía a sumarse a los Magos. A pesar de todo, continuaba siendo un intruso a bordo. No sabía a qué carta quedarse.

Un leve estertor sacudió a la nave entonces, como si se desperezara después de un largo sueño.

Shaban notó bajo sus pies un ligero balanceo.

El aire seguía en calma. Las velas colgaban, quietas. Pero la embarcación se estaba moviendo, era indudable.

Observó el agua. Una trémula agitación la recorría. Poco a poco la nave, girando sobre sí misma, quedó con la proa encarada a mar abierta.

El flujo de pleamar, o una corriente marina que hasta entonces no había cobrado fuerza, la estaba haciendo deslizarse aguas adentro. A pesar de ello, ninguno de los Magos subió a cubierta.

El imprevisto fenómeno puso fin a las dudas del chico. Se dijo:

—Tengo que decidir ahora. Si esto sigue, dentro de poco la costa se perderá de vista y ya no podré regresar a nado, ni de ninguna otra manera. Tal vez esto sea un aviso: lo que tenía que ver ya lo he visto.

Desde popa se lanzó al agua. La distancia hasta la costa había aumentado poco aún. Podría salvarla.

Mientras nadaba no dejó de preguntarse si los Magos, de verdad, no le habían visto o si, de hecho, lo habían fingido.

—¿Cómo puedo haber estado allí sin que me vieran? Y, si fingían, ¿por qué? ¿Por qué

me dejaron hablar en la ceremonia si yo allí no era nadie?

Sin haber hallado respuesta llegó a la playa salina. Observó la suave deriva de la nave que se iba mar adentro hasta que desapareció más allá del horizonte. Shaban la vio esfumarse con un estremecimiento, como si con ella se marchara una parte de su vida.

Y de nuevo todo quedó en calma en el mar y en la tierra blanca.

Aunque su interior no lo había olvidado, se dijo, como recordando:

—Sigo estando en la Gran Montaña. Han pasado cosas, pero aún me queda, por lo menos, un tercio de la jornada.

Entonces se dio cuenta de que la caverna por la que había salido no era la única que daba a la ensenada.

Había unas cuantas más, todas de aspecto semejante. Cualquiera podía ser buena para continuar su andadura. Caminó hacia una de ellas. Se fijó tan sólo en que no fuese la misma que antes había utilizado. Quería explorar otra vía de paso.

Al ponerse en marcha, la nostalgia de la nave se le fue disipando. Todo en él se preparaba para un episodio nuevo.

Enfiló por un túnel bastante amplio. Había olvidado recuperar la antorcha, pero no tuvo ocasión de lamentarlo: en cuanto se apagó el resplandor que procedía de la playa, una nueva claridad, tenue, que procedía del frente, vino a reemplazarla.

Se dispuso con ánimo a llegar a un nuevo enclave de la Montaña donde, esperaba, se producirían hechos ante los que actuaría. Tal vez entre ellos estaría la prueba definitiva de la jornada...

Poco después fue a salir a un mirador desde el que se dominaba un exhuberante jardín monumental, rico en árboles, monumentos, estatuas y artísticas fuentes.

Shaban comprendió enseguida que aquel lugar estaba bajo el reinado de Octubre. Los chopos, lentamente, se volvían amarillos. Los acebos se estaban engalanando con las rojeces de sus frutos. Yemas para la lejana primavera despuntaban en los abedules y la yedra mostraba sus flores otoñales. Varias grullas caminaban por el agua plácida de los estanques de mármol y alabastro. Los enebros ofrecían sus frutos y ya estaban a punto de recolección los madroños primerizos.

Las copas de los árboles brindaban a la mirada un trémulo oleaje de perennes verdes, tostados, amarillos, tonos burdeos y cárdenos, rojos pardos, ocres rosados y sepias claros.

El variado y sorprendente colorido consagraba todo el atractivo del momento más dulce del otoño, *la primavera profunda.*

Pero Shaban advirtió pronto que había algo más, algo que escapaba a las primeras miradas, un hecho que dotaba de un singular y raro encanto a aquel jardín ornamentado.

El primer indicio se lo dieron varios grupos de visitantes que observaban las copas de los árboles con sostenida atención. De vez en cuando intercambiaban comentarios al oído, con gestos llenos de respeto y temor.

Entonces el muchacho concentró su mirada en un grupo de árboles cuyas copas, muy contiguas, formaban una muestra de colores otoñales.

Sí, se movían; no tardó en adquirir la certeza. Pero su movimiento era rítmico, como gobernado por flujos y reflujos misteriosos, muy distinto al que hubiesen producido el aire o el viento, que no soplaban.

Paseó la vista por el conjunto del parque. Aquel curioso fenómeno se producía en todos los seres vegetales, como el ir y venir de un secreto pensamiento que atravesara y conmoviera, haciéndolos oscilar, todos los tallos y ramas.

La sensación de que el jardín entero respiraba se le hizo al poco tiempo inevitable. Se hubiese dicho que un gigantesco pulmón animal o humano había adquirido la apariencia de bosque para aspirar mejor bocanadas de aire.

La respiración aquélla era tranquila, regular, acompasada. Le confería al jardín una atmósfera irreal y extrañamente seductora, pero también inquietante.

Los otros visitantes, como el mismo Shaban, permanecían inmóviles, con el ánimo encogido, mirando.

El chico pensó enseguida:

—¿Qué será lo que produce este efecto? No me limitaré a creer que el jardín está encantado. ¿Por qué habría de estarlo? Aquí se encierra un misterio, seguro. Si pudiese descubrir el secreto del parque...

Ya no tenía bastante con mirar a distancia. Bajó por una cornisa de roca que descendía hasta el nivel mismo del recinto ajardinado. Con andar cauteloso se fue aproximando a uno de los grupos de gentes que miraban. Cuando estuvo a poca distancia se detuvo, sigiloso, a oír sus comentarios.

Alguien dijo, con voz grave, casi susurrando:

—Y esto viene ocurriendo desde la luna pasada. Nadie se explica el motivo, nadie, ni sacerdotes ni gobernantes.

—Nunca se había visto nada igual —añadió una voz femenina—. Antes de verlo yo no lo creía.

—¿Será un aviso de desgracias que vendrán? —preguntó, sin esperar respuesta, una vieja asustada.

Shaban se deslizó hacia otro corro. En él un individuo que vestía atuendos militares llevaba la voz cantante:

—Se arrancan todos estos árboles y en paz. Asunto concluido. No hay que darle más vueltas.

—Sería de mal augurio proceder así contra un aviso del cielo —disintió un hombre

de mucha edad que lucía galas sacerdo-
tales.

—Si el cielo quiere avisar de algo, que sea
más claro —arguyó el militar ásperamen-
te—. Si ésto sigue así pueden producirse
desórdenes populares. La noticia se está ex-
tendiendo muy deprisa. Cada vez hay más
gente en camino para ver los árboles que
respiran.

Un hombrecillo de hablar sedoso, con aspecto de dignatario, sugirió:

—Por el momento bastaría con cerrar el
parque y prohibir la entrada. Luego, ya se
verá. No hay, a veces, nada peor que una
decisión precipitada.

Con lo oído, Shaban ya se había hecho
idea de que nadie sabía a qué atenerse con
respecto al fenómeno del parque. Su deseo
de esclarecer el misterio se avivó más
todavía.

Vio entonces a lo lejos, en uno de los
extremos del bosque, a un personaje solitario entregado a una sorprendente actividad.
Estaba abrazando el tronco de uno de los

árboles como si fuese un cuerpo amado.

El chico decidió acercársele. Por lo menos aquel hombre hacía algo, no se limitaba a mirar o hablar, sin más.

Al aproximarse, Shaban se dio cuenta de que el desconocido, que estaba de espaldas, no sólo ceñía el tronco con sus brazos sino que, además, apoyaba su cabeza en él como si quisiera hacer aún más íntimo el abrazo.

Después, aquel hombre se desasió del árbol y miró hacia arriba. El fenómeno continuaba: la copa se dilataba y encogía rítmicamente, como respirando. Y lo mismo hacían las copas de los restantes árboles.

A continuación el desconocido caminó unos pasos, eligió un nuevo tronco y adoptó la extraña posición de antes, abrazando el árbol y apoyando en él la cabeza.

Repitió luego la operación varias veces, con árboles distintos, desplazándose hacia la zona central del parque.

Shaban no pudo contenerse más. Resolvió imitarlo. Se dirigió a uno de los árboles que el otro había abarcado con sus brazos y reprodujo el gesto.

Recibió una impresión inesperada, casi increíble. Estuvo a punto de apartarse del árbol, asustado. Pero fue capaz de no moverse. Necesitaba estar seguro de que aquello se producía realmente.

Aquel tronco estaba vivo, con una vida muy distinta a la meramente vegetal. Latía con un pulso débil, pero claramente perceptible, semejante en todo al compás de un corazón.

Y al apoyar la cabeza descubrió que los latidos no sólo se percibían en forma de leves estremecimientos en la corteza del tronco: entraban también por el oído, lejanos, remotos como un eco, pero indudablemente ciertos.

Lo mismo ocurrió al entrar Shaban en contacto con otros árboles, con una sola diferencia: cuanto más se acercaba al centro del parque, más claros y fuertes eran los latidos y más poderosa la respiración.

Buscó con la mirada al hombre aquel que le había sugerido con su conducta cómo auscultar los árboles. Estaba ya muy cerca del gran estanque monumental que ocupaba el centro del recinto. Por primera vez lo tenía de frente. Se estremeció al verlo.

Le cubría el rostro una máscara de plata, de idéntico diseño a las que ostentaban el solitario descubridor de la enterrada Ulthar y el Mago que había prestado juramento en la nave con emblemas de astros.

Por un momento Shaban pensó que era uno de ambos, más probablemente el Mago de la nave. Se le acercó dando un pequeño rodeo para no ponerse en evidencia.

Comprobó que no era el mismo. Había entre ellos diferencias. Su frente era más despejada, más amplia. Su cabello era algo más escaso y no negro enteramente: tenía hebras plateadas. Su porte general, menos esbelto, tenía sin embargo una mayor corpulencia que también lo diferenciaba. Mirándolo con detalle se advertía que era un hombre de más años, aunque joven todavía.

De pronto, Shaban sintió un escalofrío. El hombre de la máscara de plata lo estaba mirando fijamente.

No supo qué hacer. Su presencia lo azoraba. Estaba casi seguro de que se trataba de un Mago.

—¿Será él el causante del prodigio del parque? —se preguntó el chico, sin moverse de donde estaba—. ¿Estará comprobando que los árboles laten y respiran como él ha deseado?

Entonces, el enmascarado se le acercó despacio. En su túnica había tres ojos bordados, formando un triángulo. Aquello, definitivamente, lo acreditaba como Mago.

9

SHABAN logró reducir su sobresalto. Pero aún se sentía incapaz de dar un paso.

El Mago de la máscara de plata rompió su indecisión preguntándole:

—¿A ti también te gustaría descubrir lo que aquí pasa, no es cierto, amigo?

El chico, con esfuerzo, pudo al fin responder escuetamente:

—Sí.

—Entonces ambos tenemos el mismo propósito. ¿Quieres ayudarme?

—Sí, claro —repuso Shaban, de pronto más animado.

—Habrás comprobado que los latidos no son iguales en todas partes...

—No —intervino el muchacho, que recobraba la seguridad en sí mismo al verse favorecido por la confianza del Mago—. Son mucho más fuertes aquí, en el centro.

—Exacto —aprobó el enmascarado con satisfacción—. ¿A qué crees que puede deberse?

Shaban se lo había estado preguntando todo el tiempo. Entonces se le ocurrió de súbito una posible respuesta. Le había parecido que el suelo también temblaba ligeramente.

—Parece como si hubiera aquí, bajo la tierra, un animal grande, muy grande, encerrado, que al respirar hiciera moverse la tierra y los árboles y cuyos latidos se propagaran por todo el parque.

El Mago había escuchado con atención aquella conjetura. No se echó a reír, como Shaban temía. Por el contrario, parecía estar pensando en lo que había dicho. Luego, sin asomo de burla, dijo:

—Tu explicación es ingeniosa, no lo niego. Pero para ser como dices ese animal tendría que ser enormente grande, gigantesco. Y ya hace miles de años que no existen seres así, si alguna vez los hubo tan grandes.

El chico reconoció para sus adentros que la objeción del Mago era razonable. Buscaba ya otra posible hipótesis cuando su acompañante continuó:

—Pero hay algo valioso en tu idea y lo comparto: la causa, pues tiene que haberla, procede seguramente del subsuelo, del subsuelo que está aquí, bajo el centro del parque, donde los latidos son más fuertes.

Shaban se sintió entusiasmado ante la perspectiva de una exploración inmediata. Sólo se descorazonó un poco al pensar en los obstáculos. Se lo hizo saber al Mago:

—¿Cómo vamos a excavar sin herramientas y sin llamar la atención de los posibles vigilantes? ¿Conoces las leyes de esta tierra?

Sin dudar, el enmascarado repuso:

—El Mago interviene cuando encuentra un misterio en su camino. No por ello quebranta las leyes. Obedece al Código de Honor de su juramento: actuar en favor de la dignidad humana haciéndose portavoz de las preguntas todavía sin respuesta. Tanto si acierta como si no, su actuación es legítima.

—Sí, sí —confirmó el chico, apenas aca-
llando su impaciencia—. Pero, ¿y las herramientas?

—Tal vez no las necesitemos. Observa el
fondo del estanque.

El gran estanque central estaba rodeado
de estatuas y tenía una profusión de surtidores que no estaban funcionando en aquel
momento. Gracias a ello, sus aguas transparentes estaban en reposo y dejaban ver el
fondo.

Shaban se asomó mientras el Mago se
descalzaba para percibir mejor en las plan-
tas de los pies los ligeros temblores rítmicos
del suelo.

Al principio, el fondo le pareció al chico
uniforme y liso, sin nada especial en qué fijar
su atención exploradora.

—Mira bien —oyó decir al Mago a sus
espaldas—. Dime si ves lo que yo he visto.

Fue entonces cuando, bajo la sugestión
de aquella voz que lo dejaba, sin embargo,
en completa libertad para ver por sí mismo,

apreció una pequeña columna de burbujas que ascendían desde el fondo del estanque, como si un ser invisible estuviese allí respirando.

Fijándose aún mejor descubrió que las burbujas salían del orificio de uno de los surtidores que estaban sumergidos.

—¿Lo has visto ya?

—Sí, sí, lo estoy viendo. ¡Bajo el estanque hay alguien, alguien vivo, que respira!

—¡Vamos, deprisa! —urgió el Mago, poniéndose en movimiento.

Shaban le siguió sin saber adónde iban. Pero ya no dudaba que estaban en buen camino.

Alcanzaron rápidamente una caseta que se alzaba en el vértice opuesto del estanque. La puerta estaba cerrada. El Mago dijo:

—Echémosla abajo. El cerrojo no aguantará una buena embestida.

El chico dio un rápido vistazo alrededor. Las gentes, en grupos diseminados, permanecían absortas contemplando la respiración pulmonar de los árboles. Si actuaban con rapidez, era muy posible que nadie se diese cuenta de lo que iban a hacer.

Cargaron los dos al mismo tiempo contra la puerta, aunque el Mago fue quien lo hizo con más fuerza. El cerrojo no cedió, pero los goznes saltaron ante aquella acometida. Así pudieron abrir la puerta al revés. Enseguida se encontraron en una estancia llena de tuberías y válvulas. Aquél era el lugar desde donde se accionaban los circuitos de agua que ponían los surtidores en funcionamiento.

El Mago colocó de nuevo la puerta en su sitio. Desde el exterior, todo había recobrado su normal apariencia.

—Seguro que desde aquí se puede llegar al subsuelo. Tiene que haber algún modo de acceso —dijo Shaban, muy excitado.

—Dices bien. Ya lo estoy buscando. Haz tú lo mismo. Si existe, lo encontraremos.

La caseta tenía varios ventanucos y una abertura muy ancha por la que se veía todo el estanque. Entraba luz suficiente para la búsqueda a que estaban entregados.

La trampilla hubiese resultado invisible para quien no la buscara. Pero ellos practicaron un reconocimiento tan minucioso del suelo que, al poco rato, tras alzar una estera y levantar una lámina metálica que recubría el firme de la caseta en su zona más oscura, dieron con una trampilla, provista de una argolla para tirar de ella.

Entre ambos la movieron. Era muy pesada, pero lograron apartarla lo suficiente para que apareciera a sus pies un hueco oscuro.

El Mago encendió entonces una gran bengala. Al instante dio una llama verde y fosforescente. Bastaba para alumbrar el descenso.

Bajaron tres docenas de peldaños. Después, al final de un pasadizo, llegaron a una cámara que adivinaban espaciosa, aunque la luz de la bengala no alcanzaba a iluminarla más que en parte.

La temperatura era muy fresca, casi fría. En el ambiente flotaba un aroma de flores mustias. La respiración y los latidos eran allí tan claros que al instante se convencieron de que no estaban solos en el subterráneo.

El Mago extrajo un puñado de bengalas del interior de su túnica y las fue encendiendo con presteza, fijándolas en diversos lugares de la cámara.

Así, poco a poco, la luz fosforescente ganó espacio e hizo visible la sobrecogedora escena.

Una mujer resposaba sobre un catafalco. Una profusión de flores ya marchitas la cubrían casi por entero, dejando visibles las facciones de su rostro.

Alrededor del túmulo, ocupando una buena parte del suelo de la cripta, había una diversidad de joyas, vestidos y objetos personales, cuidadosamente colocados, así como frascos rituales llenos de esencias aromáticas.

Todo sugería que la mujer estaba muerta, preparada para el supremo viaje fuera de la vida, y rodeada por sus más preciadas prendas, alhajas y pertenencias.

Se acercaron ambos a la cabecera del catafalco. La mujer era joven todavía, y hermosa, aunque una palidez mortal había devorado el color de sus mejillas.

Shaban tuvo la sensación de que la conocía. Pero no conseguía recordar quién era ni dónde o cuándo podía haberla visto antes.

El Mago dijo, inclinado sobre ella:

—Parece muerta, pero está con vida aún. Sin duda lleva varios días aquí y, aunque blancas, sus mejillas están frescas. Ya otras veces he visto casos de muerte aparente como éste. En nuestras manos está salvarla. Si la dejásemos así acabaría por faltarle el aire y se ahogaría sin notarlo.

Shaban apartó las flores secas que cubrían el pecho de la mujer. A través del rico vestido que llevaba la auscultó. Al momento, dijo:

—Su pulso es el mismo que se nota en los árboles. Su respiración tiene el mismo compás que mueve al parque entero. Ella es la causa, no hay duda.

El Mago se estaba aplicando en los labios una untura blanca que olía fuertemente a eucalipto. Lo hacía con gestos lentos y concentrados, como si cada movimiento tuviese un oculto significado.

Shaban no dejaba de mirar el rostro de la mujer yacente. La sensación de conocerla había crecido hasta convertirse en indudable. Pero no sabía aún quién era.

Un destello intuitivo le impulsó a preguntar:

—¿En qué lugar estamos? ¿A qué ciudad pertenece el parque?

—A Alejandría.

—¿Conoces a esta mujer? —inquirió Shaban, presintiendo que el nombre de la desconocida estaba a punto de formarse en su memoria.

—Algo me dice que sí, pero no estoy seguro todavía. Acaso la conocí hace años.

—Alejandría..., Alejandría... —se repitió Shaban, sin dejar de mirarla—. ¡Claro! ¡Ya lo sé! ¿Cómo no me he dado cuenta antes? ¡Es... Rudaima!

Pero al instante dudó de nuevo. Rudaima era casi una niña, como él; y la mujer yacente tenía, con certeza, más de treinta años.

—Pero es ella, seguro, no me estoy equivocando —pensó.

Súbitamente, una luz de comprensión se abrió paso por entre sus confusas ideas: aquella escena que estaba viviendo pertenecía al futuro. Por un mágico privilegio concedido por la Montaña él estaba presente en un momento del tiempo por venir.

Entonces el Mago dijo solemnemente:

—Voy a intentar reanimarla. Ayúdame con toda la fuerza de tu voluntad.

Se inclinó sobre el túmulo y puso sus labios untados de bálsamo blanco sobre los labios de la mujer que tan profundamente dormía.

—Se llama Rudaima —dijo con un hilo de voz Shaban.

El Mago, sin interrumpir el contacto de los labios, alzó la mirada. Al chico le pareció que el nombre de Rudaima había removido algo en las profundidades de su memoria. Pero nada dijo. Enseguida volvió a concentrarse por entero en la acción que ejecutaba.

Poco a poco se fue encaramando al catafalco y se tendió junto a Rudaima, dándole calor, abrazándola. Todo el cuerpo del Mago alimentaba su esfuerzo por rescatar a la mujer del sueño rozado por la Muerte.

Después de un lapso de tiempo que pareció una eternidad, un levísimo estremecimiento animó los párpados cerrados de Rudaima.

Shaban no pudo contenerse y exclamó:

—¡Ya revive! ¡Ya vuelve!

El Mago lo acalló al instante con un siseo. Luego dijo en voz tan tenue como un suspiro:

—Silencio, amigo. Ella está dando un paso muy difícil. Su estado es muy frágil, de una debilidad extrema. Cualquier sobresalto podría sumirla en un sueño sin retorno. Que nada la espante.

El chico lamentó sus palabras impulsivas y se prometió que estaría mudo todo el rato, aunque tuviese que ahogar la gran emoción que le subía de dentro.

Los labios de Rudaima empezaron a acusar los efectos del ungüento de eucalipto. Se entreabrieron muy despacio. Después se separaron algo más para dejar paso a una lengua de aspecto sano y sonrosado que lamió con avidez un poco de la poción vivificante.

El Mago la observaba muy de cerca y protegía la cabeza de ella con sus manos para evitar que se diese un golpe si hacía un movimiento brusco.

Todo fue más deprisa a partir de entonces. Rudaima movió los brazos y las manos y acabó ciñendo al Mago en un suave abrazo, aún con los ojos cerrados. Ya no se podía dudar que revivía.

Shaban, aunque no quería perderse detalle de aquel singular acontecimiento, se sentía cada vez más incómodo. Había en la vuelta a la vida de Rudaima entre los brazos del Mago una intimidad sublime y, sin duda, necesaria. Le pareció que él la quebrantaba, que estaba de más en aquella cámara.

Decidió poner fin a su presencia en el lugar. Cuidando de no hacer ruido alguno, se fue retirando. Esperaría fuera hasta que la reanimación se completara.

—Ya tendré luego ocasión de preguntarle a Rudaima si me recuerda —pensó mientras salía.

Ganó el pasadizo por el que habían entrado antes. Había resuelto esperar en la caseta de gobierno de las fuentes.

Pero, extrañamente, no dio con la escalera. El corredor le pareció mucho más largo. Pensó que, sin darse cuenta, había tomado una bifurcación desconocida. Estaba ya resuelto a volver atrás en busca del camino cuando, de manera súbita, una noche radiante y estrellada llenó por entero su mirada.

Había salido, sin esperarlo, al exterior de la Gran Montaña. Se encontraba en una de sus laderas bajas, no muy lejos del lugar por donde había iniciado su aventura aquella

mañana. Su jornada, su primera jornada en la Montaña, había concluido.

En el llano ardía una fogata solitaria.

La luna relumbrante parecía también una máscara de plata.

10

AL aparecer Shaban en el exterior de la Montaña, una figura se incorporó junto a la fogata y le saludó con un amplio ademán de brazos.

Gracias al resplandor del fuego reconoció sus vestiduras: era su padre, Yaltor, Mago de Esmirna, quien lo esperaba.

El chico corrió ladera abajo. Estaba rebosante de alegría. Aunque tenía la sensación de que todo había acabado demasiado pronto, estaba contento por su actuación en la Montaña. Y pronto, en diálogo con su padre, esperaba aclarar ciertas dudas importantes.

Shaban corrió aún más al llegar al llano, hasta fundirse con su padre en un prolongado abrazo.

Después, al pie de la Gran Montaña, fastuosamente engalanada con los millares de luces de sus cuevas, templetes y palacios, iniciaron la conversación.

—Antes que nada refiéreme, hijo, todo lo ocurrido desde que nos separamos.

Shaban lo hizo, dándole cuenta de su encuentro con el anciano, hablándole de su sueño de la víspera y detallando sus experiencias en la ciudad de Ulthar, a bordo de la nave de los Magos y en el parque de Alejandría en cuyo subsuelo, dormida y viva, respiraba Rudaima.

Yaltor escuchó todo el relato con una emoción que no podía ser disimulada y prodigando gestos de aprobación. Al fin, dijo:

—Creo que has sabido estar a la altura de lo que la Montaña te pedía. No ha sido fácil, no, pero has hecho honor a tu condición de aprendiz de Mago. Mis esperanzas están colmadas. Me has dado uno de los momentos más felices de mi vida. Te doy las gracias y te bendigo, hijo mío. Te has hecho digno del futuro que te espera.

—Ayúdame a comprender, padre, o mejor, dime si todo es como creo haberlo comprendido.

—Adelante, Shaban; no creo que estés ya muy lejos de la verdad.

—Las tres escenas que he vivido, la del desierto, la de la nave y la del parque, pertenecen al futuro. La Montaña contiene en sus laberintos no sólo muchos de los lugares del mundo sino también lo que ocurrirá en tiempos venideros en esos lugares, sólo que uno lo vive como si de verdad pasara en aquel momento. ¿No es así?

—Así, exactamente, hijo.

—Y ahora una duda: ¿por qué viví esas escenas precisamente, y no otras? ¿Fue todo una casualidad, un azar, un designio de la suerte?

—Viviste esas escenas porque serán momentos importantes de la vida que te espera. Puedes sentirte dichoso.

—¿De la vida que me espera? ¿Significa eso que volveré a vivirlas?

—Sí, pero de otra manera, por entero —repuso Yaltor reveladoramente—. Sin la presencia de Shaban, el aprendiz de Mago.

Repentinamente el chico acabó por darse cuenta de algo, de algo extraordinario:

—Quieres decir que los tres personajes con máscara de plata que encontré...

—Sí, dilo, hijo, si ya lo has comprendido —animó Yaltor.

—Eran... yo mismo, en tres distintos momentos del futuro, tal como seré dentro de algunos años. ¡Con razón se parecían tanto!

—Este es uno de los grandes secretos de la Montaña. Antes de este momento no podía revelártelo. Era necesario, imprescindible, que lo descubrieras por ti mismo. Viviste tres momentos de la vida futura a la que aspiras como aprendiz de Mago. La Montaña te puso a prueba sin que tú supieras en qué consistía el desafío. Por ello es mayor tu mérito al haber salido airoso.

—¿En qué consistía la prueba? No acabo de verlo.

—Es muy sencillo, si lo piensas: aunque sólo tienes catorce años, ya ha de estar en ti el germen, la raíz, de aquello que irás siendo cuando tu vida avance. Al conducirte como lo hiciste en las diversas situaciones diste prueba de ser digno del mañana que deseas. En las tres circunstancias demostraste que ya está en ti, en ciernes, el Mago que serás cuando crezcas. Por consiguiente, eres merecedor de llegar a serlo.

—¿Y si hubiese fallado? ¿Y si no hubiese sido capaz de actuar de esa manera?

—Entonces, probablemente, ese futuro con el que sueñas no hubiese llegado nunca a ser cierto. Porque ahora ya está en ti, te lo repito, la base del hombre que serás más adelante. La Montaña lo ha confirmado. Sus veredictos suelen ser inapelables. Tu vida transcurrirá de acuerdo con tus deseos de profesar la Magia.

Ambos guardaron un largo silencio. Shaban acabó de asimilar cuanto Yaltor le había comunicado. Al final, una pregunta quedó en su mente sin disolverse. La formuló:

—Cuando lleguen esos momentos de mi vida, ¿ya sabré cómo van a desarrollarse?

—No, los vivirás como si fuese la primera vez. Tan pronto como nos alejemos de la montaña, tú y yo olvidaremos por completo lo ocurrido. Las pruebas no dejarán en ti más huella que la esperanza cierta de llegar a ser un Mago. El Tiempo seguirá su curso normalmente, como siempre, y todo vendrá por sus propios pasos y a su debido tiempo.

—¿Volveré otras veces a la Montaña?

—Sí, claro, muchas veces, es un derecho que has conquistado. Pero la vez más importante es quizás la primera, porque abre el camino a las demás.

—¿Siempre viviré momentos futuros como hoy, cuando esté en la Montaña?

—No exactamente. Lo que ella siempre te ofrecerá es la ocasión de conocer mejor la vida y de merecerla, para tu propio bien y para el de aquellos que contigo se encuentren en cualquier parte. La Montaña es un lugar mágico, un símbolo del crecimiento y la vida.

Poco después, padre e hijo emprendieron camino hacia el lago. La plata lunar les iluminaba el sendero.

No hablaron más. Entre ellos flotaban las palabras de su reencuentro.

En Esmirna, una casa silenciosa esperaba su regreso.

EPÍLOGO

Y así fue.

Entre los muchos actos notables de su vida, Shaban descubrió a los veintitrés años la antigua y olvidada ciudad de Ulthar en el desierto de Arabia. Fueron decisivas su determinación y su valentía al desafiar una tempestad de arena que puso en peligro su vida. Logró escapar por un pasadizo que conducía a un oasis cercano, respetado por la tormenta, antes de que la ciudad fuese sepultada de nuevo.

Trazó los planos de su emplazamiento y ayudó a dirigir las excavaciones que la dejaron sólidamente al descubierto, al amparo de unos grandes muros de contención contra vendavales. Así Ulthar pudo ser conocida por visitantes llegados de muchas partes hasta que, casi dos siglos más tarde, un violento terremoto la destruyó definitivamente y la convirtió en leyenda para siempre.

A los veintiocho años, meses después de la muerte de Yaltor, Shaban juró como Mago a bordo de una nave que recorría el mar Egeo. Tomó el nombre de Shaban, Mago de Esmirna, en memoria de su padre.

A los treinta y tres, rescató con vida a Rudaima de una cámara subterránea. La había conocido de muy joven, en vísperas de su primera visita a la Gran Montaña. Ella estaba en la cripta porque su tutor, Rashid, arquitecto de Alejandría, creyéndola muerta, allí la había depositado.

En realidad, Rashid había preparado aquella estancia secreta en el subsuelo del estanque para que fuese un día su propia tumba. Quería reposar más allá de la vida bajo el centro del más bello de los jardines que había diseñado. Pero al dar a su amada Rudaima por muerta, le había destinado la cámara a ella, sin decirlo a nadie.

Pero el extraño fenómeno de supervivencia que propagó la respiración y el pulso de Rudaima por el jardín entero atrajo la atención de Shaban, el Mago, que se encontraba a la sazón en Alejandría.

Cuando Rashid, que se había refugiado, lleno de dolor, en la más oscura estancia de su casa, se enteró del salvamento de Rudaima, corrió a besar los pies de Shaban. Al saber quién era, le dijo entre lágrimas:

—Tu padre, allá en el lago, cerca de la Montaña, me dijo que albergaba la ilusión de que tú llegases a ser un gran Mago. ¡Cómo se han visto cumplidas sus esperanzas! ¡Hasta qué alto grado! Mil veces te bendigo y te doy las gracias.

Rudaima y Shaban, desde aquellos hechos, anduvieron juntos por el mundo muchos años y llegaron a estar muy unidos. Tanto fue así que, a veces, ella resolvía antes que Shaban algunos misterios que en sus viajes encontraban, a pesar de que Rudaima había consagrado su vida al arte de la lírica, no al de la Magia.

Shaban tuvo una larga existencia: vivió noventa y seis años. Se mantuvo siempre fiel al juramento que había prestado en el Egeo.

Murió apaciblemente en la isla de Sicilia, en el Mediterráneo.

Ha quedado noticia de que sus últimas palabras fueron:

—Hombres y mujeres de la humanidad que he conocido: mi dicha mayor ha sido ser amado por vosotros más de lo que merecí. Mi último suspiro es venturoso. Mi adiós tranquilo. En paz descansaré, como en la vida. Me acabo yo y acaba mi camino. Otros recorrerán senderos nuevos, de año en año, y de siglo en siglo, hasta el Infinito.

TÍTULOS PUBLICADOS

En la realización de esta obra han colaborado las siguientes personas: **coordinación editorial**, Georgina Villanueva (**colaboradora**: Charo Mascaraque); **confección y maquetación**, Juan Carlos Quignon.

© Joan Manuel Gisbert
EDICIONES ANAYA, S. A. - 1991 - Madrid: Telémaco, 43 - Depósito Legal: M. 11.896 - 1991 - ISBN: 84-207-2907-8 - Printed in Spain - Imprime: Josmar, S. A. - Artesanía, 17 - Polígono Industrial de Coslada (Madrid).